땅땅 땅

땅땅 땅

© 2022 문인선

초판인쇄 | 2022년 11월 15일
초판발행 | 2022년 11월 20일

지 은 이 | 문인선
펴 낸 이 | 배재경
펴 낸 곳 | 도서출판 작가마을
등 록 | 제 2002-000012호
주   소 | 부산광역시 중구 대청로 141번길 15-1 대륙빌딩 301호
      T. 051)248-4145, 2598 F. 051)248-0723 E. seepoet@hanmail.net

ISBN 979-11-5606-205-9 03810 정가 10,000원

※ 본 도서는 2022년 부산광역시, 부산문화재단 지역문화예술특성화지원 '부산문화예술지원사업'으로
   지원을 받았습니다.

작가마을 시인선 53

땅땅 땅

문인선 칼럼시집

도서출판
작가마을

꽃밭 같은 세상을 꿈꿉니다
그래서 칼럼을 씁니다

매달 문학신문에 연재하는 칼럼
처음엔 필자도 여느 칼럼처럼 산문으로 썼습니다
그러다가 신문엔
대부분의 글들이 산문이라 조금은 독자들의 눈 피로를 덜어
드리자고 생각한 것이
시로 쓰는 칼럼을 창안해 내게 되었습니다.
그러니 시 속의 소 장르, 새로운 장르개척이 되는 셈입니다.
신문사와 독자들에게 고맙습니다.

앞으로도 계속 쓸 것이지만
그동안 쓴 칼럼 중 시로 쓴 칼럼만을 여기에 묶습니다

그때그때 분야를 가리지 않고 문제적 이슈들
독자들의 통쾌한 공감을 일으켜
정치와 제도, 사회 또는 개인의 각성과 반성 위에 개선이
되는데 작은 소리 하나 보태진다면 참 고맙겠습니다.

함께 살아가는 공동체, 꽃밭 같은 세상을 소망하는 간절한
마음을
여기에 펼칩니다.

이번 폭우로 피해를 입은 분들, 반지하에 사는 모든 분들과
이 시를 읽는 분들에게 꼭 행운이 함께하기를 기원하며

2022년 8월 나의 작은 서재 옥당에서
문인선

문인선 시집

작가마을 시인선 �53

• 차례

땅땅 땅   문인선 시집 · 작가마을 시인선 53

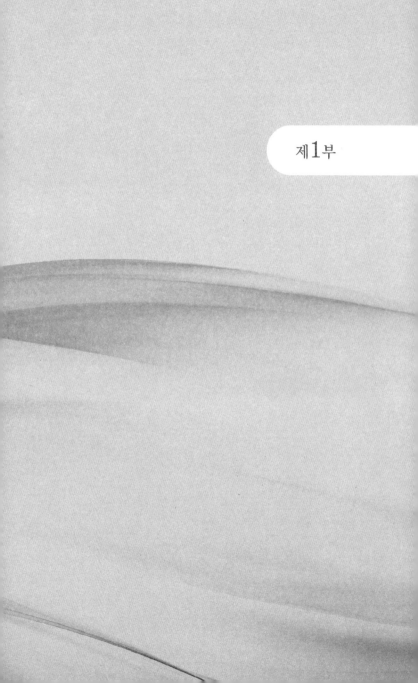

제1부

올림픽 선수들을 여의도로

현미경아 어딨느냐
망원경아 어딨느냐
샅샅이 뒤져라
머리카락 뒤에도 살펴라
메스는 어딨느냐
먼지까지 해부하라
닥스 훈트야, 블랙 앤드 탄 쿤하운드야
너희들은 웃고 있구나

아 덥다 더워

여의도엔 더위를 식혀줄 선수는 어디에도 없다
상대의 허물을 맴맴 거리는 소리뿐

지금 우리에게 필요한 건 더위를 식혀줄 폭폭수 같은 선수

들리나요 저 소리
전파를 타고 오는 흥분된 저 소리
"안산 선수가 양궁 금메달을 따냈습니다
드디어 삼관왕이 되었습니다"

"김연경을 앞세운 여자 배구가 일본을 꺾고 터키를 꺾고

사강 진출을 하게 되었습니다"

그들은 땀 범벅이 되어도
다리에 실핏줄이 터져도
제 몸보다 주어진 임무에 최선을 다했다

푸른 연잎들 합심하여 꽃봉오리 쏘옥 밀어
올리듯
일곱이 하나 되어 밀어 올린 볼
스파이크를 외치며 나이스 킬을 먹인다

페미니즘 논쟁이 아무리 귀를 어지럽혀도
오직 집중 집중 또 집중이다

바람아 불지 마라 정신은 화살촉이 되어
목표 지점만을 명중했다

관객의 염원도 화살촉 끝에 매달리고
합장한 손 사이로 심장 소리 터지는 듯했다
초사흘 달빛이 헐떡이며 달려오고
구름도 합장하고 바람도 땀을 쥐며 응원할 때
나이스 킬 한 방에

더위는 붉은 치마 움켜쥐고 맥없이 도망갔다.

동양도 서양도 한 물결로 푸르게 손뼉 치고
선수 목에 빛나는 메달은 우리 모두의 승리가 된다

얼마나 아름다우냐
얼마나 자랑스러우냐

감출 게 없는 그들
발자국이 보이고 피땀이 보이고 그 정신이
도드라진다
유리알 하늘처럼 투명하다
70억 인구 위에 오직 하나, 황금빛 메달을 출산
하려고
겨우내 땅속에서 빨아올린 물관부
한 송이 완전한 꽃으로 피어
일시에 향기를 터트린다
태양보다 눈부신 저 꽃이여, 향기여,

여의도엔 요상한 악취 같은 게 있다
거짓과 정당화의 반복
무가치한 자산 제로 케이스만 가득하다

〉
관객의 눈빛은 점점 멀어지고
관객의 등만 싸늘히 남을 저, 저,

여의도를 교체하라
저 올림픽 선수들을 여의도로 입성케 하라
그들은 진실로 진리의 능력을 보여 주리라

설왕설래 우왕좌왕, 부동산 정책이든 경제 정책이든
양궁 선수를 보내자
가장 바람직한 정책, 온 국민이 박수 칠 정책에 명중하리라

한일회담에도 남북회담에도 배구 선수들이 어떨까
베이스를 깔고 나이스 킬을 한 방에 먹이리라

지금 여의도엔 제 잘난 사람은 많으나
관객의 눈과 가슴은 덥기만하다
온 국민이 한마음으로 박수 칠 그런 선수가 그립다

올림픽 선수로 교체시키자

올림픽 선수들을 여의도로 입성시키자

대통령 뽑기는 인형 뽑기가 아니다

누가 누가 더 잘하나?
누가 누가 더 많이 하나?

"죄송합니다"
"잘못했습니다"
절은 깊숙 하게 더 숙일수록 좋아
내용도 새롭게

〈사과하기〉
競演場이 벌어졌다
벌써 몇 달 며칠 돌아가면서 양쪽이 다 열심이다
구관조 놀이, 인형들의 놀이 같다

〈사과하기〉 경연에 참석하지 못한 두 후보는
인기투표에서 서열 뒤로 밀려났다

심판관 같은 참새들은
진정성이 있어야 한다
즉각 해야 한다. 계속해야 한다고 말했다

아하,
심사기준은 진정성, 시간성(속도전), 연속성이구나

우리는 날마다 사과하기 경연대회競演大會를
관람하고 있었다
그 중에 어떤 관람자는 화를 내기도 하고 욕을 하기도
했다
화를 내는 딸에게 화를 삭이고 말에도 품격을 지니라고
일렀다

내가 경연競演에 대해 말하자
역사에 밝은 아들이 점잖게 한마디 한다
"경연經筵은 조선시대가 으뜸이지"
이건 경연이 아니라 대통령을 뽑는, 그렇군요
대통령을 뽑는 것도 경연대회네요

아, 순간, 철썩!
내 무릎이 전광석화같이 손바닥을 소리 내어 치니
창틀에 기대섰던 햇살이 찡긋 윙크를 한다.
競演이 아닌 經筵을 잘 할 사람을 뽑으면 되겠어
이제야 혼란 턴 내 머리가 빗질한 듯 정리가 된다

왕 중에 왕
세종과 성종은 經筵을 단 하루도 빠진 적이 없었다지
출석 올백, 성적 올백,

아예 경연청經筵廳을 마련하고 강연을 하고 토론을 하여
국정에 반영하였다지
부강한 나라, 태평성대
오직 그것만 생각했던 왕

그래, 우리가 뽑을 대통령은 세종대왕 같은 사람이어야 해

지난 5년 동안 내내 시끄러웠던
영끌이란 신조어까지 만들어진 부동산 정책
세종대왕이라면 어쨌을까
사군육진을 개척하고 국토를 확장했던 세종대왕님
그래, 땅을 넓히면 되겠네
전쟁하여 남의 땅 빼앗자는 게 아니라네
우리 36년을 빼앗겨 보지 않았나
그건 아니지
저 무주공산,
공중에 떠 있는 달이든 별이든 쓰지 않는 땅
있지 않나?
세종 대왕은 그 시절에도 세계 제일가는 천문까지
개척했지

좋은 생각이야

〉
또 하나
남북문제를 잘 해결할 수 있는 사람은 현대 역사의
영웅이 될 거야

또 하나
세종 대왕이 만든 훈민정음, 우리의 자랑스러운 한글,
우리말 우리글을 세계 5대 공용어 안에 들게 할 대통령

오대양 육대주
이 지구 위 어디든 가는 곳마다
"안녕하세요?"
"감사합니다"
전광판에는 우리글이, 목소리는 향기로운 우리 말
아, 상상만 하여도 두 팔이 벌써 날개가 되지 않나

임기 5년에 무얼 더 바라겠나
이만하면 다 되는 거 아닌가

대책 없이, 저
죄 없는 광화문 광화문 하지 말고
현대의 경연,

소통과 학습, 공론화의 과정에서 도출할 방법들
경연經筵을 잘해서 나라를 잘 經營할 그런
대통령감을 찾아보세나

이만하면 대한민국 만만세 아니겠는가!
아, 어디서 찾지?

에덴동산의 대본

빗방울 하나 세로로 창을 향해 펀치를 날렸어요

가로로 내리던 빗방울 둘 창을 향해 발 차기를 했어요

빗방울 셋 아예 창에 매달려 딱따구리 부리로 콕콕 찍어
댔어요

꿈쩍 않는 창을 본 바람
빗방울을 꼬드겼지요

열 번 찍어 견딜 나무 없다고
떼로 뭉쳐 흔들라고

익명의 바람들이 뒤에서 밀었어요
얼굴을 베일 뒤에 숨긴 채

투명한 유리창 점차 마신창이 되어
불투명해졌어요

정말 얼룩을 만들고 있었을까요?

날은 흐리고

어둠이 몰려오려고 해요
햇살에게 손을 내밀어 보지만

구름 뒤에 숨은 듯 해요

구름 뒤로 가보세요 다 보여요
저들끼리 하이파이브 하고 있네요

창문의 역할은 끝났노라고
위장된 귓속말 은근슬쩍 옥타브를 높이고 있네요

에덴동산의 대본은 가장 쉬운 대본
이미 저쪽에서 증명해 보인 대본

연극은 막을 내릴 때가 되었을까요?

참새떼들 숲속에서 쑥덕거렸어요

울 너머를 보려던 창문 하나 무너지고 있어요

아,
그곳은 가장 척박한 땅

〉
맑은 유리로도 하늘을 볼 수 없고
묘목 한 그루도 뿌리를 내릴 수 없는 땅

빛에 따라 도는 해바라기들만 사는 땅

빛의 조도에 따라 서열이 정해지는 땅
그래서 서로 빛 가까이 서려고 아귀다툼하는 땅

옆에 어린나무 초록빛 팔랑거리면
두고 보지 못하는 땅

미래를 꿈꾸는 이들에게 보여줄 가면극
어린나무 한 그루 끌고 와서는
대문 앞에 세워두고
마당 쓸고 대문 열고 문지기로 쓰는데
아부할 줄도, 분수도 모르는 어린나무
그 쓰임 다 했으니 안 되겠다
버릴까 자를까 고심할 필요도 없어요

태초에 아담과 이브의 쫓겨난 이야기
그래 그 에덴동산의 대본이 있잖아요

〉
뱀의 붉은 혓바닥이 있고

에덴동산의 대본은 수학 공식보다 더 간단한 대본
저 동네서 이미 증명해 보인,
가장 편리한 대본
이 동네서도 적용만 하면 되었죠

히히
뱀의 붉은 혓바닥은 커튼 뒤에서 웃고 있어요
우리의 앞길을 막는 자
누구든 나오라
걸려들기만 해라

걸려들지 않는다 해도
상관없다
가면의 너와 나 입을 맞춰라
대본은 우리 것
대입만 하면 된다

우리들의 임무가 무엇이든
본업에 충실하지 않아도

〉
우리는 허가받은 놀이꾼
재계약 땐 다시 가면의 얼굴로 큰절 한 번이면 될 것을

이 좋은 의자
지금의 이 소란쯤은
어리석은 자들이 감수할 일

그래
그가 검다고 흙탕물 묻었다고 몰아치면서
순결하고 고결한 척하면 그뿐,
일거양득
아
세상은 이래서 살만한 세상

왕관은 곧 나의 것
뒤에서 햇살처럼 웃는다
뱀의 얼굴이라도 좋다
으흐흐

꿈에라도 보고 싶다

요즘 대통령 부인 의상이 뜨겁다
이미 다 타버린 건 아닐까 몰라

특활비를 썼느니 마느니
말들이 많다
액세서리가 고가느니 가짜느니
말들이 많다

급기야 소송까지 제기됐다나
개념치 않는 그녀
여전히 웃음을 벚꽃잎처럼 날리는데
왜 저 동백꽃이 고갤 숙이나

그 자리, 옛날에는 국모라고 했었지

우리의 어머니는 어떤 사람이었던가
밤을 새워 빨래를 하고 바느질을 하고
시린 손 새벽밥을 하고도 늘
당신의 이름은 없었지

자식 위해 흘린 눈물
가난한 살림살이 쌀톨은 자식들 입에 넣어주고

부뚜막에 앉아 시래깃국도 없는 날은 냉수로 배를 채웠다
지

그림자처럼 뒤에서
희생을 도맡아 하던 사람
집안의 대소사 다 떠맡고도
따뜻한 자리는 가족에게 내어주고
가장 낮은 곳에 앉던 사람

대통령 부인은 그런 어머니 정신을 가지면 안되나

부인의 국위 선양을 들어본 적 없고
외교의 공적을 들은 적이 없어
해외 순방 때마다 나란히 팔짱 끼고 비행기 트랩을 오르
는 모습을 볼 때마다 나는 다른 부인상을 상상했다네

대통령이 순방길에 오르면
부인은 달동네에 오르는 거야
연탄이 몇 장 남았는가도 살펴보고
보육원, 소녀 소년 가장에겐 희망도 심어주고
독거노인에겐 따듯이 손도 잡아 주고

진정한 어머니의 마음
보살이 되고
사랑의 묘약이 되어 준다면

아
어둡고 그늘진 곳에 두꺼운 빛이 되어 준 여인
추운 곳엔 봄 햇살이 되어 준 여인
도린 곁엔 인적이 되어 준 여인
나중에 알고 보니 그녀가 대통령 부인이더라고

감동이 출렁출렁
세상은 감동의 바다가 되고
세상은 사랑의 꽃밭이 되고

그녀가 가는 곳엔
말 못 하던 바위도 일어나 노래하게 될 거야

아, 살만한 세상,
이 얼마나 간절히 그리운 일이냐

당신이 걸친 무명바진들 눈부시지 않을까
당신의 땀을 닦는 천 원짜리 타올 인들 명품이 안되고 배

길까

 상상해 보라
 당신이 손잡아 준 그 노인들의 마지막 말
 당신을 위한 간절한 기도가 되리

 5년 후, 10년 후
 당신을 찾아와 큰절을 올리는 자식 같은 청년들이 얼마나
많을지
 이 나라의 대들보가 되고
 국위 선양은 그들이 백 배 천 배로 할 것이다

 우리는 그런 당신을 보고 싶다

 그렇지
 저 뷰티숍을 찾던 여성들도 슬금슬금
 저 명품에 목을 매던 여성들도 슬금슬금
 당신의 대열에 동참하게 되리라

 오라, 우리는 그런 대통령 부인을 꿈에라도 보고 싶다

백색을 찾아서

검정이 숯을 보고 검다고 하네
숯이 검정을 보고 검다고 하네

나는 희다고 서로 우기네

곁에 있던 작은 검정들 왱왱
검정이 희고 숯이 검은 거야

작은 숯들도 왱왱
숯이 희고 검정이 검은 거야

서로 보고 삿대질 하네

네가 검은지 내가 검은지
벗어보자고 빨가벗어 보자고

서로 등을 돌려 주먹질을 해 대네

네 탓이야 네 탓이야!
숯은 검정 탓이라 하고
검정은 숯 탓이라
발길질을 하네

〉
서로 마주 보며 발길질을 하네

숯이 발길질을 하니
검정이 삿바질을 하네
어라차차
서로 마주 보며 삿바질을 하네

곁에 있던 작은 것들 악을 악을 쓰네
우리는 흰 거야 우리는 흰 거야

하품만 하던 마구간에 소들
큰 입을 벌려 우우훗 웃더니
지구를 통째로 다 담고도 남을

커다란 눈을 번쩍 뜨네

우리가 색맹인 줄 아나
너도 시커멓고
너도 시커멓구나 어허허 어허허
대낮의 해도 공중에서 떨어질 것 같은
우렁찬 그 소리에

숯도 검정도 멈칫멈칫 하네

내 목을 뽑으면 네 뒤에까지 다 보인다
나도 목을 뽑으면 네 너머까지 다 보인다
찍찍 어정어정, 찍찍 어정어정
타조와 기린도 한마디씩 거드네

까치와 참새, 우리도 안다, 우리도 안다
벌겋거나 시뻘겋거나 시커멓거나 꺼멓거나
이구동성 합창을 해댄다

거울이 필요 없는 너희들
네 앞에 선자를 보아라
네 앞에 서 있는 검정이 네 얼굴이란다
네 앞에 서 있는 숯이 바로 네 얼굴이란다

검정이 숯이고 숯이 검정이네
숯이 검정이고 검정이 숯이네

숯과 검정은 제아무리 거울을 외면 한들
흰옷을 걸치고 흰말을 하려 해 본들
검은 말

검은 소리만 보인다
실처럼 질질, 질질 실처럼

바람도 쯧쯧 혀를 차며 지나가고
강아지도 고양이도 한숨만 쉬네

답답하던 맹인 할아버지 지팡이 들고 나서네
백색을 찾아 나서네

게오네스가 등불을 잡네
우리를 설레게 할
저 눈부신 백색은 어디에 있을까

플라톤에게 물어볼까
산타클로스 할아버지에게 물어볼까

제주도에선 4. 9 강진만이네

방탄소년단이 유엔에서 연설을 했습니다

하늘에 구름이 걷히고
안개가 걷히면
돋보기나 망원경을 쓰지 않아도 저 요지경 세상이 다 보일까요?

오십억 칠백억은 무슨 숫자입니까?
수백 수천억이 난무하는 세상에 오만 원짜리 몇 장
손에 쥐었다고
좋아라 했던 내가 쑥스러워 티브이를 끕니다

방탄소년단이 유엔에서 연설을 했다고 합니다

갑옷을 입고 칼을 차고 말을 타고 나타난 자가 있었습니다
명왕성에서 내려다보던
이순신 장군과 김유신 장군의 부하가 타이르던 소리 들리더군요
"그런 흉내는 아무나 내는 게 아니라"고

이번엔
누가 손바닥에 王 자를 새겨 손을 좍악 펴 번쩍
들어 보이더군요
멀쩡한 대낮이었습니다. 이건 또 무엇입니까?

세종대왕의 대전 내관 발바닥이 혀를 차더군요

태양이 돌지 않고 지구가 도니
사람들도 돌고 있는 거 아닐까요?

태초부터 돌았던 지구는
태양의 둘레를 땀을 뻘뻘 흘리며 돌아도
궤도 이탈은 단 한 번도 없었습니다
그럼 비극의 시대라 명명해도 될까요
아니 희극인가요?

혹 펜데믹으로 정신들 잃어버렸다면
어디서 찾죠?

방탄소년단이 유엔에서 연설하는 것을 보았습니다.

혹 집에 한 번 찾아보세요. 사과 상자 같은 거 말예요
돈이란 권력에 자석에 쇠붙이 같은 것이라
당신도?

아니요 권력의 "권"자도 없는걸요
사돈 팔촌에 팔촌, 그 팔촌에도 '법식이 정식이, 언식이,

관식이'
 비슷한 사람도 하나 없답니다
 오직 성실로 나뭇짐을 잘 지거나 땅을 잘 파거나
 조상 대대로 농사 짓고 땅 파서 겨우 밥 먹고 살지요
 아빠 찬스 쓸 수 없으니 딸 아들 있어도 원망만 들으면서

 방탄소년단이 유엔에서 연설하는 것은 확실히 보았습니다

 위협인지 과시인지 북한도
 또 미사일을 쏘아 올렸다고 합니다
 땅에서 열차 안에서

 어느 바다에 떨어졌을 그 미사일
 효험이 없나 봅니다
 아직 아무도 그 미사일 맞고 머리가 터졌다는 물고기
 소식은 없습니다
 바다에 떨어진 건 분명한데
 물고기들의 고발장 한 장 보지 못했습니다

 방탄소년단이 유엔에서 연설하는 것은 확실히 보았습니다

 고발장 고발장 하더니

하나를 지우기 위해선 다른 하나가 더 요란한 옷을 입고
나타나죠
　나타나는 것일까요
　발견해 내는 것일까요
　어쩜 이것도 법칙인가요?

　권력 같은 거 없는 세상은 어디 없나요?
　돈이 필요 없는 세상은 어디 없나요?

　권력과 돈
　돈과 권력
　그건 폭력이 아닌가요?

　방탄소년단이 유엔에서 연설하는 것은 분명히 들었습니다

　아무리 펜데믹 시대라도 정신까지 펜데믹 되지 말아야 하
지 않을까요?
　희망이 없다는 것 슬픈 일
　절망은 더 슬픈 일
　낭떠러지 앞에서도 날개는 돋고
　혼돈 속에서도 태양은 뜨리니

한 줄기 빛이여
방탄 소년들이여
그대들의 말을 믿으리
그대들을 믿으리

"가능성과 희망을 믿으면 예상치 못한 상황에서 길을
잃는 것이 아니라
오히려 새로운 길을 발견하게 되리니"*

*방탄소년단의 유엔 연설문 중에서

둥둥 북을 치자
 - 14대 대통령을 맞아

둥둥 북을 울려라
이 나라 제일 큰 머슴이 뽑혔다네

둥둥 노래를 불러라
이 나라 제일 큰 일꾼이 뽑혔다네

대통령이라 부르는 프리지던트
이는 머슴이란 뜻이랬지
상머슴이란 뜻이랬지

우리는 상머슴을 뽑은 셈이지
얼마나
주인인 백성을 섬길 것인가
얼마나
주인인 국민을 위할 것인가

믿어나 보세 둥둥
믿어나 보세 둥둥

잘 뽑았다
훌륭했다
박수 친 적 있었던가

〉
해방을 맞고
새로운 대한을 세우고
지금껏 단 한 번이라도 잘 뽑았노라
잘했노라 박수 친 적 있었던가

푸른 지붕 아래 들어갈 때는
보무도 당당하지 않은 이 있었던가
나올 때는 어디로 갔는가
제집으로 가지 않고
어디로 다 가던가
유행처럼 줄줄이 어디로 갔던가

더 이상
그 슬프고도 부끄러운 사태를 우리는 보고 싶지 않다네

하늘에 기도해야 하는가
부처에게 기도해야 하는가

거울 하나 벽에 걸면 어떨까
지금 마음 그 마음 늘 그대로인지
날마다 확인하는 거울

〉
우리는 당신을 믿어
우리는 그대, 임을 믿어 보려 하네
진정 우리에게 믿음을 주었으면 하네

검은 구름 걷힌 푸른하늘, 새들의 비상
침울하던 처마 밑에도 햇살이 비치고
아이들의 웃음이 골목의 그늘을 밀어내면
가는 곳마다 장미꽃 피어나는 세상이 되었으면 한다네

우리의 희망가가
우리의 태평가가
북녘땅에까지 들리도록
그랬으면 좋겠네

이 소중한 우리의 산천
이 순결한 대한의 사람들

바다엔 뱃고동 소리
산천초목도 평화의 노래를 부르는
그런 세상이 되었으면 좋겠네

세계가 우리를 부러워하도록
우리가 세계의 모범국이 되도록

그대 대통령이여
새로 맞는 그대, 임께 기대를 하노니
둥둥 큰 설렘으로 기대를 해보려니

회사후소繪事後素
마음 바탕 깨끗하여
공정과 정의로운 사회, 부정과 부패만 없으면 된다네
깨끗한 마음 바탕 안 될 게 아무것도 없다네

우리가 어떤 민족인가
문화와 문명의 가장 최 정 점
세종대왕이 한글을 창제하고
쿠텐베르크보다 백 년이나 앞선
세계최초 금속활자를 만든 나라라네

이제, 미래를 바라
디지털 대전환과 탄소중립 대 전환을 선도할
선진국으로의 탑승을 하면

21세기 평화롭고 부강한 나라쯤
무엇으로 못할까

이미 탄탄대로 달리는 저력이 우리에게 있다네
반도체 일등 국가, 조선도 일등 국가, 자동차가 4강 국가
케이팝, 오징어 게임, 미나리 기생충 다 열거할 수 없구나

우리의 이 바램
잊지 마오소라

우리는 대한의 앞날을 축복하노니
둥둥
북채를 들어 축복의 북을 치노니
둥둥, 둥둥

하늘이여 땅이여,
우리의 미래를 축복해 주소서

한라에서 백두까지 무궁화 꽃이 피고
그 향기 하늘에 닿도록
온 국민이 태평가를 우렁차게 부르도록
우리는 대한국인이라고

세계를 향해 만세를 부르도록
둥둥 둥둥

땅땅 땅　　　문인선 시집 • 작가마을 시인선 53

제2부

땅땅 땅

화성에 달이 뜨고
웜홀
미래와 과거가 평행이 된다 해도
땅땅 땅
미얀마에선 총알이 난무하네
땅땅 땅
사람을 쏘아 자유를 감금하고 민주를 불사르네
아무도 말리지 못하네
유엔도 미국도
말리지 않네 구경만 하네

땅땅 땅
땅에 환장한
물건너 저 도둑 심보들
그때 히로시마 원폭
땅땅 땅 하지 않았을까 퍽퍽 퍽 했을까
아직도 그 근성 버리지 못하고
제 자식들에게
거짓을 가르치고 도둑질을 가르치는
양심에 개털 난 저 착시
우리 독도만 보이는지
제 땅이라 우기네. 오늘도 우기네 땅땅 땅

〉
어디서 배웠을까
한국의 LH도
땅땅 땅

내가 가진 땅은 알곡이 자라고
네가 가진 땅은 황금알이 자란다지
내가 키운 알곡은 선한 사람들이 먹고
네가 키운 황금알은 너만 먹는다지

땅땅 땅 땅당땅땅땅땅
써 놓고 가만히 들여다 본다
카트cart 모양 같기도 하여
끌려 갈 것 같고 끌고 갈 것 같은
땅땅 땅

그래, 그런 일 있었지
초등학교 다닐 때
운동장 느티나무 아래서
땅따먹기 놀이 했었지
우린 누구에게 배운 적 따로 없는데
왜 그 놀이를 했을까

〉

땅 따 먹기 그 놀이

아, 지금의 LH도
그 느티나무 아래서 땅따먹기 놀이 잘한 친구들일까

난 그때도 잘 못했거든
쓸데없이 책장만 넘겼지
땅은 읽지도 않았고
쓰지도 않았어
쓸데없이 그냥 책장만 넘겼어

책 속엔 땅이 없었네 "땅"자도 없었네

3월의 벚꽃은 가지를 뻗어 하늘처럼 환하고
제 꽃잎을 날려 땅의 상처를 덮어 주네
땅땅 땅 소리도 않는
너는 천사의 영혼을 가진
천사의 날개를 가진 꽃
숨결도 고와라 손길도 따스해라
자비와 헌신을 아끼지 않는 꽃
사랑이어라 참사랑이어라

〉
땅 한 평 없는 나는
땅땅거리지도 떵떵거리지도 못해도

저 고운 벚꽃에게 참사랑을 배우며, 가르치며
4월의 꽃들에게 자비와 미소를 배우며, 가르치며
머리를 높이 들고 학교 복도를 걷네
땅땅 땅
날씬한 내 하이힐의 소리에
공기 속 미세 먼지가 숨죽이며 구석으로 웅크리네
땅땅 땅
코로나로 조용한 학교 복도를 울리며
팔을 힘차게 저으며
땅땅 땅

푸른 하늘
청보리 향기가 눈부시게 밀려온다
땅땅 땅

방도를 찾아라

홍보석같이 둥글고 뽕긋한 볼
샘물처럼 해맑은 눈동자
꽃잎 같은 입술
개구쟁이 같은 그 아이 자꾸 눈에 밟히네

뉴스에서 행방을 찾던 그 아이, 유나

빚에 쫓겼다는 일가족
그들이 탄 승용차가 바닷속에 수장되었다고 할 때도
연극이기를
차라리 빚쟁이를 속인 연극이기를
기도했네
그리라도 하여
그 어린 것이 살았기를

제발, 살아있기를 기도했네

설마
어른들이 잘못되었다 해도
아이만은 무사하기를
간절히 기도했네

어느 보육원에라도 맡겨 놓았기를
부처 같은 산골 스님이
발견하여 데려갔기를
어느 성모마리아의 손길에 이끌려 갔기를

하늘에 썩은 새끼 줄을 매달고 기도했네

가시밭길 같은 험한 세상
모래바람 휘몰아치는 사막 같은 목마른 세상
예수가 십자가를 짊어지고 골고다를 오르듯
아무리 올라도 올라도 오르막길뿐이었다 해도
바위를 밀어 올리고 올려도 또 내려오던 시지푸스의 바위
처럼
반복되는 고통의 삶이었다 해도

절망의 계곡 앞에 서거든 꼭, 바로 하늘을 올려다 보라
그때, 단 1분 만이라도 어머니를 생각해 보라
통곡도 목이 막혀 울지도 못할 불쌍한 어머니를

어른들아
부모들아
아무리 부모라 해도 자식의 목숨까진

좌지우지 할 수 있는 권한이 그대들에게 없다네
망망대해 한가운데 어린것 홀로 두고 갈 수 없다
물어나 보았는가?
아이는, 아이는 살고 싶다네

그 어떤 목숨도 죽고 싶은 목숨은 없다네
그 어떤 생명도 그냥 태어난 생명은 없다네

그대들마저도 마지막 선택은 차마, 보류하길 바라네
지금까지 버텨온 것이 아깝지 않은가? 억울하지 않은가?

막막한 사막의 길
제 몸 두 배의 짐을 지고 가는 낙타도
가다 보면 오아시스 꼭 만난다고 하데
고비라는 말도 있지 않던가
장맛비 아무리 길어도
구름 뒤 태양은 반드시 다시 뜨지 않던가

그 죽을 용기를 버틸 용기로 바꿔봄이 어떨까

아, 밤낮으로 기도한 내 보람 헛되이 무너졌는가!

어쩔거나 어쩔거나
세상모르는 어린 목숨
가엾어서 어쩔거나

나르던 새도 공중에 멈춰 서고
흐르던 냇물도 역류하며 울었으리

매년 일만 오천 명
자살률 세계 1위
오이시디 국가 평균 2배
사람들아
끔찍한 이 수치를 지울 방도는 없을까?

지금, 영부인 옷 자랑할 때가 아니다

출산 장려한다고?
장려하면 뭘 하나
있는 아이 지키지도 못하면서

정부와 사회는 있는 아이 지킬 방도부터 찾으라

제도여, 사회여,

뉴스는 떨지도 않는다

화창한 오월의 봄날에
탯줄도 안 끊긴 채 쓰레기통에 버려진 영아
뉴스를 듣는 순간
인간 생명이
쌀독에서 나온 좀보다 못한 대접을 받고
버려지다니

소름 돋은 몸을 떨고 있는데

까톡 거리는 친구의 생일 소식
축하한다 친구야,
좋은 인연을 만들어준 너의 삼신할미께 감사해야겠다고
댓을 단다

곧이어 뉴스는 우리나라 최근 년간 살해된 아이가 이삼일
에 한 명꼴

이런!
신을 더 이상 믿지 말아야겠다
삼신할미께 감사해야겠다는 댓을 다시 지운다

〉
이제 이 세상에 더 이상 신은 없다
신이여 죽었든 잠자든 술에 취했든
당신을 믿지 않겠다

오늘도 어디선가 또 유아가 유기되고 있을지 몰라
이 무슨 지옥 같은 장난질이냐

민들레 홀씨는 어디든 날아가
예쁘고 아름다운 꽃을 피운다
아무도 그를 미워한 적 없고
아무도 그를 고개 돌린 적 없다
바위도 단단한 제 품을 갈라
품어주고
담벼락도 돌들이 서로 비좁은 겨드랑이 내어 품어주는데
바람도 비도 햇살도 서로 어루만져 주는데

삼신할미여
민들레 홀씨가 아니거든

저 연약한 여인들을
사랑으로도 울리지 마라

그건 사랑이 아니다

밭을 잘 가꿀 수 없거든
함부로 씨를 뿌리지도 마라
축복받을 씨가 아니어든
뿌리지를 더욱 마라

저 가련하고 어리석은 어린 청소년 미혼모
얼마나 어둠 속에서 떨었을까
더 이상 깊은 어둠 속으로 파고들지 않도록
정부가 나서줘야 하리

제도권을 이용할 수조차 없는 저들의 손을 정부가 잡아주라
사회는 고개 돌리지 마라
바위틈에 핀 민들레를 바라보는 그 측은함으로
따뜻이 안아줄 손길과 눈길이 절실하다

년 간 영아 유기, 살해가 무려 이틀에 한 명 골이라니

오늘도 어디선가 어느 아이가 버려지고 살해되고 있을까

죽기 위해 태어나는 목숨 있겠는가

죽임을 당하기 위해 태어나는 목숨 있겠는가
어쩌다가 태어나서
울음마저 울 수 없는
숨 한 번 쉬어보지 못한
보호받지 못한 목숨은 더 이상
아이도 목숨도 아니다

어처구니 없는
21세기 또 다른
지상의 지옥

인간 세상이 아니다

사람들아, 인간 세상 사람들아,
영아도 생명, 인간 존엄의 가치를 동등하게 부여받은
생명이려니
더 이상 외면해서는 안된다
서둘러라
저들을 위한 대책은
어디에도 없고 어디에도 있을 테니
찾으라 정부가 찾으라
미처 살피지 못한 제도의 그 어느 지점을

〉
미혼모도 제대로 출산을 할 수 있도록
사회보장 제도를 마련해 주라

고개 돌리는 이유

속은 줄 알았지?
잘 속였다 생각했지?

그거 아니?
같잖다는 말은 말할 거리도 못된다는 말
그래서 말 않는거야
우리는 여의도 법을 알거든
그러려니 해
가끔은 까마귀 속에 백로를 기대하지만
왠지 아니
그래도 희망 하나 갖고 싶은 슬픈 내 마음 달래려고
어리석게 말이지

저건 아직 먼지 덜 묻었었겠지 하다가
새 얼굴인 줄 알았다가
잘 키우면 되겠다 생각했다가
오호라
늙은 구렁이 뺨이라도 때리는 걸 보면
어, 이, 가, 없어
우린
그냥 하늘을 쳐다 봐
그러니 이제

제발 조용히 그대들끼리 치든지 받든지 해
우리 귀에 눈에 안 들어오게 안 보이게 하란 말이지
왜 큰 소리로 떠들어
우린 이제,

정말 높은 담이라도 쌓고 싶어

집을 갖고도 "나는 임차인"이라 하든 말든

우리의 굴곡진 역사가 안겨준 저 불쌍한 위안부를
팔아먹었든 말든

어제 거짓말 하고 오늘 탄로 나도 우리에게 들리지
않게 조용히 해
왜 마이크 들고 떠들어

소음 공해치고 가장 큰 공해인 줄 몰라?

나는 작게 먹었는데 너는 많이 먹었다고 우리에게
일러바치지도 마

그 물귀신 작전 그것도 그대들끼리나 해

우린 말 안 해도 다 알아
저렇게 철판이 두꺼워 가는구나 하고

아이들이 그러지
제 잘못이 들통나고 혼나게 생겼으면 혼나기 전
제가 먼저 울어버리지
아이들은 귀엽기나 해

황제 의전을 하든 말든
그것도 들키지 마
왜 하필 비 오는 날
밖에 나와 그 난리야

국민들은 코로나로 답답한데
꼭 그렇게 속을 박박 긁어야겠어?
제발
열불 나게 하지들 마

저기 저건 또 뭐니

길가 가로수 여름이면 제 몸을 펼쳐 행인에게 불볕더위
막아줘도

평생 생색 한 번 안내고
정원의 과수나무 여름 내내 제 몸에 꽂히던 불볕더위
단맛으로 익혀 우리를 풍성하게 해 줘도
과수果樹는 힘들다 파업 한 번 안 해!

눈 닦고 좀 봐
마음 닦고 좀 봐
우리를 살맛 나게 만들어 주는 건
그대들이 아니라
저기 저
자연

저들은 조용하게 제 할 일만 해도 우리가 다 알잖아
알고말고 응, 알고 말고!
천 번이고 만 번이고 알지 암, 알지
하늘은 더 잘 알고
새벽이면 맑은 이슬 내려 먼지 닦아주고
가뭄에는 비도 내려 갈증 씻어주고
밤에는 조용히 내려와 따뜻이 품어주고
낮에는 흐뭇한 미소로 화답도 하잖아

이제 알겠니?

그대들에게서
우리가, 우리가
고개를 돌리는 그 이유를

누가 신발의 뒷 꼭뒤를 부끄럽게 하나

2022. 8. 6. 3시
앞집 돌석이가 멱감다 수대동* 저수지에 빠졌어요
밭매던 돌석이 엄마 호미를 팽개치고
저수지를 향해 뛰었어요
신발이 벗겨져도 모르고 뛰었어요
발바닥에 돌부리 받쳐도 아픈 줄도 모른 채 뛰었어요
맨발인 줄을 알 턱이 없는 돌석이 엄마
마음은 이미 저수지에 가 돌석이를 건지고 있었으니까요

엄마의 마음이죠

따라가지 못한 신발은 길 위에 엎드린 채 기도를 하고

마을 사람들도 가슴을 누르며 따르고

아, 3초만 늦었어도 돌석이를 붙들지 못했을 거라고

도심 속
아파트 속에서만 있던 연화 할아버지 할머니
고향의 느티나무, 들판을 휘돌던 냇물을 그리며
날씨 덥다 오랜만에 바람 쐬러 산책 나왔네요
지팡이도 다정히 동행하여

〉
온천천 둑에는 꽃들이 피어서 바람도 상쾌해요
물속에는 잉어가 저들끼리 경주를 하고
강아지들도 주인 따라 나와서는
푸른 잔디 위서 서로 꼬리물기 놀이를 해요

앗차,
노쇠한 걸음걸이 할머니 신발이 벗겨졌어요
앞서가던 할아버지
되돌아와 얼른 신발을 주워서는 할머니 발에 신겨주네요
보는 이들 "정겹다 아름답다" 흐뭇해 해고
어떤 이는 우리도 저렇게 늙어가자 언약도 하네요

둑 위에 늘어선 가로수도 헐렁헐렁 손을 들어 인사를 하고
꽃에 앉던 나비도 날개를 끄덕끄덕
저희끼리 장난치던 강아지도 멈춰 서서
꼬리를 살랑살랑 흔들어 주어요

신발도 안다는 듯 미소지어요
저 다정한 노부부의 백년해로를 말이여요

아이쿠, 어쩌나요 저기 저,

서울이라든가 정치 일번지란든가요
저기 저 신발 한 짝
부끄럽다 고개를 못들겠다
청중 속으로 숨어드네요

주인 발에 서둘러 끌려가다 뒤 꼭뒤가 부끄러워
벗겨진 신발
차마 부끄러워
청중 속으로 숨어 들어보지만
이미 세인들이 다 보아 버렸네요
카메라맨들은 놓칠세라
얼른 주워 담아 팔랑팔랑 전송하네요

어쩌나요 어쩌나요
팔자 타령도 못하는 저 신발

주인은 기어이 연방 돌아와
그 신발 다시 끌고 가네요
신발은 자신의 뒤 꼭뒤를 자꾸 가려 보지만
소용이 없어요

가엾은 신발

어쩌나요?
세상에 다 같은 신발로 태어나도
사람들의 삶이 각각 다르듯이
사람들의 인품이 각각 다르듯이
신발도 달라요
주인 만나기에 달렸대요

신겨짐이 달랐으니
벗겨짐도 달라요

그 자리를 모면하려고 서두르다 벗겨진 신발
부끄러움을 알기에 더 부끄러운 신발
뒤 꼭뒤가 반듯했던 그 신발, 사람들은 알까요?
신발 탓이 아니라는 것을,

바쁘게 살아가는 주인을 만나 길가에 신겨졌다 벗겨졌다
를 반복하여도
  그것이 서로 안쓰러워 서로 귀히 여기는 돌석이 엄마의
신발
  한가로우나
  아름다운 노년을 바라보는 평안한 마음의 신발

누군가의 부끄러움이 내 것처럼 부끄러워야 하는 신발

신발은 부끄러운 신발이 되고 싶지 않다고
그건
스스로의 의지로 어쩔 수 없는 일이라
한탄도 해보고 항변도 해보아도
아무도 신발의 마음을 몰라주니

보다 딱한 한 시인이 말하네요
우리는 자기희생과 헌신으로 우리의 걸음을 보호하는
저 신발을
당당히는 못 해줘도
부끄럽게는 하지 말자고

자랑스럽게 콧대를 높여 주지는 못해도
신발의 뒤 꼭뒤를 부끄럽게는 하지 말자고
저 가엾은 신발들을 다시 한번
생각해 보자고

당신의 신발은 당신을 잘 만난 걸까요?

*경남 하동 소재

땅땅 땅 　　문인선 시집 · 작가마을 시인선 53

제3부

존경하는 국제 IOC 위원장님께

올림픽 정신이 무엇인지 우리는 압니다
올림픽 헌장 50조를 우리는 존중합니다

현명하신 국제 IOC위원장님,
만약에, 만약에 누군가
어떤 정치적 목적에서 허위 광고를 한다면
어찌하시겠습니까?

남의 나라 땅을 자기 땅이라 광고한다면
명백한 허위 광고,
국제적 땅 사기,
이 음흉한 국제적 범죄를 어찌하시렵니까?

이게 무슨 말이냐구요?
땅에 환장한 저 물 건너 저것들 말입니다
눈만 뜨면 우리 대한의 땅 독도를
자기 땅이라 우기더니

도쿄 올림픽 홈페이지에다 우리의 순결한 독도를
버젓이 그들의 국토 일부로 표기해 놓고 있습니다
보셨는지요?
이것이 사기가 아니고 무엇입니까

이것이 허위 광고가 아니고 무엇입니까

가장 깨끗한 자세로 손님을 맞아야 할 주최국이
올림픽을 기회로 저 음흉한 꿍꿍이를 획책하고 있습니다

아십니까?
그들은 상습범입니다
틀림없이 그들은 또 독도를 그들의 고유영토라 우길 것이
니
적반하장도 유분수라
이 일을 어찌합니까?

우리는 저 사기꾼들과 함께 뛸 수가 없고
남의 국토를 강탈하려는 저들과 함께 춤출 수가 없습니다

우리가 저들과 함께 손을 잡고 뛰고 춤춘다면
부처님도 상을 찌푸리고
공자님도 고개를 저을 것입니다
그렇지요 왼뺨도 내놓으라던 예수님마저도 손을 끌어
말리겠지요

하늘을 나는 새들이 비웃고

길가의 풀포기도 고개를 돌리고
땅을 기는 굼벵이까지 혀를 찰 것입니다

기억하시는지요?
1936년 베를린 올림픽 마라톤에서 우승을 하고
일장기를 찢었던 우리의 정의로운 선수
손기정 선수가 저 세상에서
하늘의 가슴을 쥐어뜯으며 비통해 할 것입니다
어찌, 손기정 선수뿐이겠습니까
과거 그들에게 빼앗겼던
조국을 되찾기 위해 목숨 바쳤던
우리의 순국선열들의 대노 하는 소리 폭우와 같고
그 호통 소리 도쿄 하늘을 뒤덮는 천둥과 같을 것입니다

더 이상
순수와 정의로운 우리 땅을 남의 이름으로 더럽힐 수가
없습니다
치욕이고 유린입니다

우리는 예의를 알고 정의롭습니다
우리는 진정한 올림픽 정신을 살리고
국제적 정의를 위하여

세계의 평화를 위하여
맑고 푸른 하늘아래
가족처럼 형제처럼
다 함께 손에 손잡고 뛰고 뒹굴어
이 지구별 전 인류가
오직 한 마음 하나가 되기를
우리는 기대하고 있습니다

존경하는 국제 IOC 위원장님
우리는 올림픽 정신을 잘 알고 있습니다
올림픽을 정치적으로 이용하는
어떤 수단의 메시지도 낼 수 없다는 것도
그러면
오대양과 육대주가 서로 손을 잡고 노래하고
하늘은 흐뭇한 얼굴로 박수를 칠 것입니다

우리는 당신을 믿습니다

램지어를 파면하라

들어본 적 있나요?
백 년을 잠들지 못한 영혼

찢어진 심장이 우는 소리를 들어본 적 있나요

운다고 다 같은 울음이 아니어요
아프다고 다 같은 아픔이 아니어요

하늘도 차마 울지 못해
입술이 갈라지고 심장이 찢어지던 날
영문도 모른 채 끌려갔어요

흙도 향기롭던 조선 땅에서
박꽃처럼 순박하게
초승달처럼 청순하게 자라던 소녀들
신발도 벗겨진 채, 맨발로 끌려갔어요
들에서, 산에서, 개울에서,
더러는 자다가 끌려갔어요
자식을 뺏기지 않으려고 울부짖는 부모
총칼이 무자비하게 내려치는 걸 보았어요

신이 죽고

하늘도 무너졌어요

부모는 고향에서 울고
끌려간 딸들은 남의 나라
일제가 사육하는 이리떼의 우리에서 울었어요

달빛도 차마 볼 수 없어
얼굴을 묻던 날
바람도 숨이 턱턱 막혀
졸도하던 날
지옥이 바다처럼 펼쳐져
피 같은 울음을 내 걸 수도 없어
그 통한을 안고
역사의 증언을 위해 짐승처럼 살아야 했어요

그들을 고발하기 위해
다시는 태엽을 되돌려서는 안 될 역사이기에
내 살점 태워가며 밤마다 기도 했어요

아, 지푸라기 하나 붙들 수 없는
지옥이 아득하게 펼쳐진 그 막막함
미치도록 어머니가 보고 싶었어요

〉
램지어
그대에게도 딸이 있나요
그대에게도 어머니가 있나요

그대 딸을 그렇게 팔 수 있겠어요?
정말, 정말 그럴 수 있겠어요?

죽은 시체 밟듯 소름 돋아요
용수철이 튕기듯 몸서리쳐요
우리의 영혼이 죽지 않는 한
천년 가도 만년이 가도
멈출 수 없는 이 몸서리

군함도, 유황도, 사이판, 괌
태평양 그 바다의 물빛을 보세요
맨발로 끌려 온 조선의 꽃봉오리 어린 소녀들의 한이
피멍 되어 아직도 푸르게 출렁이는 저 물빛을

일제, 그들의 밥을 먹고
그들의 옷을 입은 그대는 바퀴벌레

그대의 양심은
인류 인륜의 적이 될테니
지금 당장
무릎 꿇고 사죄하세요

하버드대여
지금까지 우리가 믿었던 지성의 전당 맞나요
세계의 인재를 양성하는 아직도 믿을 수 있는 곳인가요?
역사를 왜곡하고
인류의 인륜과 양심에 반하는
저 바퀴벌레 램지어를 파면하세요

백 년이 가고 천년이 가도 잠들지 못할
위안부 어린 소녀들의 피맺힌 한을
누가 위로할까요?

이제는 전 인류가 나설 때

맥박이 뛰는 전 세계 여성들이여,
양심 있는 인류여,
여성의 인권과 존엄과 내일의 인류평화를 위한 사명감이
있다면

〉
대답하세요 크게
대답하세요

* 램지어 : 조선 위안부 여성들을 "계약매춘"이라는 논문을 발표한 하버드대
교수

저 소리

해선 안 될 소리가 있다
정영 순수해서 깨끗한 소리만 하는 아이들을 보아라

말이라고 다 말이 아니다

새소리, 바람소리
물소리, 하늘에 구름 흐르는 소리
해와 달, 구름 스치는 소리
꽃피는 소리, 애기 울음소리
소년의 책 읽는 소리,
잘한다 잘한다 칭찬 소리,

이 자연의 움직이는 소리 들은 아름다워서 좋고
칭찬 소리, 꽃피는 소리, 애기 울음소리, 소년의 책 읽는
소리 등은 희망적이어서 좋다

날마다
시도 때도 없이 들어도 싫지 않은 소리만 할 순 없을까

저기,
한쪽 귀퉁이에 저 소리
우리를 몸 떨게 하는 소리가

아직도 죽지 않고 살아있다

태평양 바닷물이 뒤집히고
우리의 선열들이 무덤에서 벌떡 일어날 소리
위안부 여성들은 무덤 속에서도 피를 토하고
하늘도 대노할 저, 저, 저 소리

"우리의 근대화를 일본이 앞당겨 주었느니
위안부는 매춘부였다느니"

어느 음흉한 것을 먹고 살기에
아직도 죽지 않고 살아 있느냐

저 죽순같이 곧은 우리의 미래인 학생들에게
저 치자꽃같이 순결한 학생들에게
그런 헛소릴 하는 사람이 있다면,
만약에 있다면,
학생들은 구토를 하고 시위를 하고
당신을 추방하려 할 것이다

태평양 너머로 추방할 그런 말은 하지 마라
당신의 그 비뚤어진 사고를 스스로도 추방하라

당신의 그 역사관을 주저 없이 수정하고 추방하라
그것이 진정 안되거든
현해탄을 건너라
차라리 그게 옳다

시대가 아무리 하 수상해도
살기가 아무리 어려워도
우린 함부로 말해선 안된다

저 치욕과 암흑의 역사
일제 강점기도 버텨온 우리인데
주권은 빼앗기고 인권은 버러지처럼 짓밟혀도
정신만은 살아서
끈질기게, 끈질기게 일어서서
기어이 대한독립 만세를 불렀던 우리인데

아니지요
목숨 바쳐 나라 찾은
우리의 애국선열들을 모독하는 소릴랑은 마라
죽어서도 우러러야 할 그 임들을 부정하는 소릴랑은
뒷간서도 하지 마라

국운이 기구하여
하이얀 찔레꽃보다 순수하고 순결하던 열다섯, 열여섯 살
그 소녀들
이리떼의 우리 속
무지막지한 군홧발에 짓밟히고
짓밟혀도
짐승처럼 살아서
살아야 밝힌다고, 살아야 증언한다고

마음속 순결은 너보다도 더 고결하게 품고서
핏빛 한을 안고 살아서 돌아온 그 서러운 여인들을
어찌 함부로 말 하나
그건 용기도 아니다. 살인보다 더 큰 죄악이다

뱀의 혓바닥이 당신을 꾀었을까?
램지어 흉내라도 내고 싶은 것이냐
이또 히로부미, 도꾸가와 이에야스
그들의 후손이 아니라면
아베의 무엇일까?
이완용의 재생일까?

내일이 8.15인데

들으라, 들어보라
당신의 심장을 흔드는 저 소리
독립 만세를 목이 터져라 부르던 그 날의 함성이
들리지 않느냐

진정한 영웅이여 1

"천만금을 주어도 친일은 하지 말라"
목숨과도 같은 김택진 님의 말씀 어찌 잊으리이까

지옥을 넘나들던 고문 속에서도
"대한독립 만세!" 피를 토하며 절규하던 임들의 그 소리
지금도 들리는듯합니다

절망의 터널, 죽음의 계곡
역사가 단절된 암흑 속에서도
조국을 구하리라
푸른 목숨 기꺼이 바친 임들이 계셨기에
오늘의 우리가 있고 나라가 있다는 것을
우리는 압니다

나라가 절명할 때 부자가 자결한 유도발 유영신,
부부가 자결한 이명우 선생, 민영환, 황현 등 66인의 순
절한 그 숭고한 정신
이준 열사 안중근 의사, 18세 어린 나이로 옥사한 유관순
님
육사는 독립을 위해 17번을 죽고 또 죽었습니다
빼앗긴 조국을 찾기 위해 소중한 목숨 기꺼이 바친 임들을
어찌 다 열거하리까, 어찌 잊으리이까

14333위의 영령들이시여

임들은 진정한 민족의 영웅, 대한의 수호신입니다

무자비한 폭력 앞에 나라를 찾기 위해
사랑하는 부모 형제를 자식과 아내를 버려야 했던
그 얼마나 아득하고 외로운 길이었을까요
그 얼마나 목 놓아 통곡했을까요

아, 일만 사천 삼백삼십삼 위의 영령들이시여
임들이 나라 위해 바친 고귀한 목숨
쌓이고 쌓여서 하늘에 닿고
화산 같은 붉은 피
흐르고 흘러서 바다에 닿았으니
천지가 감동하여
이뤄진 광복
서른여섯 해, 피의 고개를 넘고 넘어
되찾은 나라여

아, 그러나 슬펐어라
미완의 독립
신의 시샘이었을까요

남과 북을 갈라놓은 철조망은
어찌하여 그리도 견고하였을까요

조국의 독립을 위해 소중한 목숨 흔쾌히 던진
순국선열님들께 죄스럽고 부끄러웠습니다
그러기를 70년
아, 동백꽃보다 더 붉은 임들의 나라 사랑,
그 뜨거운 정신이 하늘을 깨우고 깨웠을까요
백두산과 한라산이 서로 애절히 부르는 저 소리를
들었을까요

보셨습니까
4.27 판문점서 태동한 훈풍은 싱가폴서 행여나 꺼질세라
조심조심
평화를 향하여 그 발걸음을 떼는 듯하더니

아,

판문점 너머에선 아직도 미사일 쏘는 소리

그러나

보소서
부르기에도 송구한 임들이여
지켜 보소서
그 암흑의 터널도 이겨낸 임들의 정신이어
이제는 우리가 이 땅을
통일된 대한으로 가꾸어
세종대왕이 만든 자랑스러운 모국어로
대한이라는 이름을 세계 속에 우뚝 세우겠습니다

대대손손
임들의 나라 사랑 그 정신
길이길이 전하겠습니다.
임들은
진정한 대한의 영웅이었다고
임들은 진정한 대한의 수호신이라고
임들의 희생으로 우리가 있고
임들의 희생으로 이 나라가 있다고....

세종대왕님 슬퍼하시다

세종대왕님이 서울에 납시었다
한참을 두리번거리시더니
잘 못 온 거 같구나
여기가 어디냐
미국이냐 유럽이냐?
아닙니다 서울입니다
대한민국 심장부 수도가 있는 서울입니다

그럼, 朕이 사랑했던 조선, 한양이란 말이냐
확실하거든 심장부란 말 하들 말거라
저것들은 다 무어냐
(상선은 대답을 못하고 머물머물 한다)

바오로 딸, CLUB, CLIO SKINFOOD 후라이드 치킨
트라마제, 턴즈힐, 디오빌플러스, 리슈빌, 힐스테이트

너는 읽을 수 있겠느냐 왜 이리 꼬았느냐
요즘 한국 사람들은 혀가 꼬여 태어나느냐

머릴 좀 식혀야겠다.
한강 변으로 가보자
레미안 이촌 첼리투스

올려다보기도 고개가 아프구나
저 이름은 또 무엇이냐

아파트 명칭입니다

외국인들이 사는 곳이냐
외국인들이 저리 많다 말이냐

아닙니다
한국 사람들이 삽니다
누가 지었길래
이름이 저 모양이냐

영어가 들어가야 고급져 보인다고
새로 짓는 아파트마다 다 외국어로 이름을 짓는다고
합니다
혹자는 시어머니 못 찾아오라고...
망극하옵니다

저기 사는 사람들은 제 이름도 다 바꿨느냐
이름만 바꾼다고 사람이 바뀌는 건 아닐 텐데
피까지 바꿔야 바뀌는 게 아니겠느냐?

〉
우리글이 우리말이 그리 초라하더냐

朕이 괜한 짓을 한 것이란 말이냐
성삼문, 박팽년, 신숙주, 최항, 이개
그들에게 미안하구나
밤잠을 안재우고 한글을 만드느라 고생시켰다
성삼문은 그 추운 중국을 무려 13번을 오르내렸다
음성 학자 만난다고
우리글이 소리글이 아니냐

짐이 안질을 앓으면서까지 괜한 짓을 한 것이냐

베르사이유 궁전에서 우리말이 나올 때
어깨가 으쓱했단다
노르웨이 게이랑에르 피오르 관광선에서
우리말로 안내를 할 때
朕의 심장 뛰는 소리가 천둥소리 같았단다
그때 서야 그곳 풍경이 더 아름답더구나

말레이시아 짜이짜이 족이 우리말을 모국어로 택한 지 벌
써 수년이고

한류 한류 열풍이 분다고 하여
역시 나의 후예들이라 자긍심을 느꼈다
짐의 사랑이 아침 햇살처럼 한없이 쏟아짐을 느꼈다

방탄소년단이 유엔에서 우리말로 연설을 했다고
해서 와 봤느니라
또 괜히 설레었구나
그 착한 청년들이 한국을 알리기에 그리 애쓰기에
자랑스러웠느니라

그런데 안에서는 이 무슨 짓들이란 말이냐
속없는 짓들만 다 하고 있구나

돌아가야겠다
상선, 그만 가자구나

마침 하늘에서 교신을 보내 왔다
하늘나라엔 한글 전용 교육관이 있어 전 세계사람들이
한글 교육 수료를 하지 않으면
안되도록 오직 하나로 통일된 공용어가 우리말이란다
교육관 정면엔 세종대왕 사진이 크게 걸려 있다고

제4부

부모 자식 인연은 8천 겁이라는데

그 아이가 말했네

아버지 어머니
나를 낳으시고
아버지 나를 속이시고
어머니 나를 버리시니
세상도 나를 외면했네

천지에 나 하나둘 곳 없어
구천으로 떠도는 영혼으로나 되니
그제 서야 사람들이
꽃을 들어 눈물 흘리네

갈비뼈 6개가 부러졌다는 아이
통증이 가로막아
울지도 못했다는 아이
다시는 이 땅에
또 다른 정인이가 나와서는 안 된다고
우리가 떠들고만 있는 사이
또 다른 정인이는
이미 나오고 있었네
여기 저기, 또 저기

⟩
세 살 난 아이를 버리고
엄마는 또 다른 아이를 낳기 위해 이사를 했다네

얼마짜리였을까
가재도구는 챙기고
아이는 버렸다네
텅 빈 어둔 밤이 악어처럼 입을 벌리고
배고픔은 이리처럼 목을 졸랐으리
어린 것이, 세 살짜리 그 어린 것이

자식은 부모를 버려도
부모는 자식을 버리지 않는다는 그 말 부여잡고
문풍지 바람 소리에도
개미 기어가는 소리에도
헛한 희망의 귀를 얼마나 일으켜 세웠으리
죽음의 공포에 손 내 저을 때
그 엄마는 또다시 버릴 다른 아이를 낳고 있는 줄을
모르고

하늘이 절망하고
바람이 통곡하네

〉

새여, 장미꽃잎보다 더 여린 새여,

행여 묻었을라

깃털에 사람의 냄새 나는 한낱 먼지마저 털어버리고

날아라

인간 세상 남귀에는 가지 끝에도 앉지마라

세상에 발바닥 한 번 못 붙여본 채

연두빛 분홍빛 제가 가진 빛조차 한 번 만져보지 못한 채

저기 두 달 난 한 아인 두개골이 깨져 눈 감았단다

엄마가 죽이니 이모도 죽이는 지옥이란다

돌아보지도 말거라

훨훨 허공을 향해, 푸른 창공을 향해 날아가라

여린 새여,

네가 깃들 곳은 천사들이 밥을 짓고

천사들이 옷을 짓는

천사들이 꽃을 피우는 별세상일 것이니

햇살이 안내하는 그곳으로 가라

그 옛날 진나라 환온이 삼협을 지나갈 때

무정한 한 병사, 새끼 원숭이 한 마리 잡아 오니

새끼를 빼앗긴 어미 원숭이

울며 울며 환온이 탄 배를 따라
제 뱃 속 창자 마디마디 다 끊어지는 고통을 감내하며
천 리 물길 따라 뛰었다지

"단장의 애"
하물며 짐승도 자식 위해 목숨 다해 구하려 들거늘
짐승도 그러하거늘

아, 부처님,
부모 자식 인연은 8천 겁이라는 그 말씀
누굴 보고 누굴 보고 한 말씀입니까?

뜨거운 눈물을 보일 때

무쇠도 꽃을 피우는 봄
꽃들이 바위도 춤추게 봄을 노래하는데

어찌 이리도 잔인할 수가 있는가

절벽에 선 우크라이나야
가련한 우크라이나여
기구한 운명의 우크라이나여
지금 그대들의 운명이 풍전등화로구나

아,
이 참상을 어찌 말로 다 할까
이 억울을 어디다 하소 할까

늑대보다 무참한 미친 개떼 있어
무기가 뭔지도 모르는 양민들의 마을에도
습격하는가

가장 비인도적인 생화학 무기와
집속탄을 쏘았다는가

21세기 백주대낮에

이 경천동지할 만행을 저지르는 자
어찌 사람의 양심을 가졌으리
지구촌의 범죄자
코로나보다 더 무서운 인류의 적이라 하리

너는 러시아의 미친개
우크라이나를 돌며 물어뜯는 미친개
무차별 휩쓸고 간 거리엔

바람 앞에 나뒹구는 낙엽처럼, 홀로 나뒹구는
다리 잃은 몸통 하나

어린 소년아
너는 울지도 못하네

까맣게 타버린 마을
함께 놀던 친구들도 가족들도
집도 마을도 순식간에 사라져버렸구나

소년은 울지도 못하네
소년의 엄마는 시체마저도 보이지 않네
괴괴히 어둠만 쌓인

시커먼 재밖에 보이지 않는 이 도시
바람 소리뿐
괴괴한 바람 소리뿐

곁에 있던 네 친구여
너도 재가 되었구나
평화롭던 마을은 갑자기 무간지옥으로 변하였네

인간이 무기를 앞세워선 이리도 잔인할 수가
있단 말이더냐

하늘이여 보고만 있는가

저 소년의 울음을 누가 멎게 할 것인가
저 소년의 눈물을 누가 닦아 줄 것인가

지구촌 이웃들이여
지금이다.
머뭇거리지 말라
어서 따뜻한 손을 내밀어라

당신들의 눈물을

뜨거운 심장의 눈물을 보여 줄 때
저 가련한 우크라이나의 아이들을
생지옥에서 구출하자

저 비옥한 땅
지구촌의 식량이 자랄 저 비옥한 땅이
순식간에 황무지로 변하고 있다
온 지구촌 사람들아
달려가
저 무지막지한 러시아의 군홧발을 막아내고
그들의 탱크를 막아내자

저 순진무구한 아이들이
저 천진한 아이들이 다시
부모님 품에서 꿈과 희망을 노래할 수 있도록
우리가 지켜주자

전 인류여 일어나라
무자비한 러시아의 탱크 앞에 떨고 있는
저 가련한 우크라이나를 우리가 지켜주자

이는 우크라이나를 지키는 것이 아니다

인류의 존엄을 지키는 것이며
지구촌의 평화를 지키는 것이다

보라 저 우크라이나의 참상을
보라 저 우크라이나 아이들이 바로
우리의 아이며
우리의 미래다

지구촌의 내일을 위해
지구촌의 평화를 위해
우리의 뜨거운 눈물을 함께 흘리자

황소, 가슴 설레다

황소는 늘 외로웠다

딴 세상을 보지도 못 한 채
태어나자마자 어느 신사의 손에 이끌려 와
그의 벽장에 사육되었다

들풀을 뜯어 보고도 싶었고
개울물을 건너도 보고도 싶었다

바람과 구름도 쓰다듬어도 보고 싶었고 함께
놀고도 싶었다
마을 사람들을 만나 보고도 싶었다

세상에 사람들은 얼마나 많을까

어린이들도 소녀들도 만나 보고 싶었다
나를 만나면 반길까 좋아할까
어느 날은 혼자 고민도 해보고
어느 날은 혼자 웃어도 보았다

비가 오는 날은 주인님이 그립기도 했다

전엔 꿈속에서 자주 만났는데
지금은 꿈속에서도 잘 보이지 않는
주인님이 야속할 때도 있었다

마침, 끌레드 모네의 수련이 연못 채 들어왔다
황소는 반가웠다
멀리 해외서 왔다는
우리 말이 서툰 연못의 수련들과 말을 걸었다

수련은 속삭이듯 들려주었다
우리 주인님은 백내장으로 시력을 잃어갈 때
나를 낳았어요 그래서 나도 빛을 더 좋아해요
이왕에 이국까지 왔으니
이 나라의 많은 사람들을 만나 보고 싶어요
보드랍고 이슬 같은 목소리가
귓전에서 퍼질 때
샤갈의 붉은 꽃다발과 여인들이 쪼르르
고개를 내밀며
맞아요 맞아요
우리 마음도 같아요
우리도 같은 입장이거든요

우리 주인님은 어젯밤
명왕성에서 교신을 보내왔어요
우리는 국립 미술관으로 가게 될 거라고
그러면 많은 사람들을 만나게 될 거라고

그러자
겸재의 인왕제색도와 김홍도의 추성부도가
손을 잡으며
그래, 염려마, 우리가 같이 가 줄게
이제 우리, 많은 사람들을 만나고
그들과 대화도 하고 할 수 있을 거야

우리는 그들의 정신 건강과 창의성과 예술의 눈을 높이는데
큰 역할을 하게 될 거야

며칠 전부터 가슴이 자꾸 풍선처럼 부풀어 올라
날 것 같아
황소가 히죽이죽 웃으며

"내 발이 어디 있는지 봐, 저길 봐
저 공중에 떠 있잖아"

이중섭 화백과 이건희 회장
겸재 선생과 김홍도도, 샤갈도 모네도
모두 같은 위성에서
달빛 같은 흐뭇한 미소로
손을 흔들어 보였다

한참을 마주 보고 손을 흔들던 황소
근엄한 표정에 옷깃을 바로 여미더니
이건희 회장에게 고맙다는 듯 목례를 정중히 하고
다시 밖을 향하여 말문을 연다

고미술품 개인 소장을 하신 분들이여
인류의 정신 건강을 위하여
함께 할 수 있도록
사회에 공헌 할 수 있는 길이 여기 있으니
큰마음 열어 보심이 어떠실지요?

어디선가 박수 소리 크게 들린다

아름다운 별이었습니다

우주 속 가장 아름다운 별이었습니다

오묘한 크리스탈 블루
이 후덕하고 순결한 나는
우주 속 둘도 없는 곱고 신비로운 별

모든 만물은 내게서 생기를 찾고
저마다 자유와 행복을 누리며
살 수 있도록
다정히 품을 내어주고
꿀과 생명수를 주었습니다

자식의 꿈을 위해 무엇이든 내어주고
칭얼대고 보채면 젖을 주고 달래듯
아낌없이 주었습니다
나는 이 지상 모든 생명체의 터전이고 어머니였습니다

자식은 부모의 은혜를 모르는 걸까요
부모의 고통마저 모르는 걸까요

부모가 늙으면 자식이 돌보는 법
그러나 인류는
한 번도 나를 돌아보지 않습니다

저들은 손톱 밑에 작은 가시 하나 박혀도
병원을 찾고
야단이면서
당장의 편리에
온갖 유해물질 만들어 쓰고는
쉽게 버리기에 이골이 나 있고
내 뿜는 온실가스에 숨이 턱턱 막혀도
밤낮없이 열병에 시달려도
이마 한 번 짚어 주지 않습니다

내일을 버리고 오늘만을 택한 저들

나는 점점 빛을 잃어가지만
그들은 아랑곳하지 않습니다

황사와 손을 잡고 날아다니는 중금속,
백화가 된 산호초,
무너지는 빙하에 수몰되는 육지
어디로 가야 하냐고 외쳐대는 북극곰의 애절한 저 소리
그들은 마스크만 눌러 쓰고
외면하고 있습니다

참다 참다 나의 심장 바다가 울고 있습니다
살점이 떨어지도록 씻어 보지만 소용이 없답니다
구렁이 같이 스멀거리며
소름 돋도록 달라붙는
그 시커먼 폐유
숨 막히게 목을 휘감거나 심장을 찔러대는 흉기들

갈매기가 증언합니다
지나가던 상선이
몰래 버리고 가더라고
비닐, 스티로폼, 플라스틱, 마구 버리는 상습범들 있다고
그믐밤이면 나타나서 버리고 가는 도둑들 있다고

"우리는 쓰레기장이 아닙니다
우리는 폐수장이 아닙니다"
통 사정을 해도 돌아보지도 않고 가더라고

코로나 19보다 더 컥컥 숨 막혀서
바닷속 어족들이 허연 배 뒤집으며 물 위로 오르고
해저는 산호초의 공동묘지가 되어도
수많은 배를 끌고 와 수천수만 톤씩의 먹이를
싣고 갈 줄만 아는

사람들

뒤에 검은 그림자 따라가고 있다는 걸
도무지 모르는지

안타까운 바람이 산호초의 예언을 발표해도 묵묵부답
코로나 19의 발열보다 더 높은 바다의 발열,
지구별
의 몸살

아,
바다는 파충류의 꼬리가 생기고
싸이 토카인 폭풍을 일으킬 지경인데

아무리 외쳐봐도 소용이 없습니다
아무리 몸부림쳐도 그들은 눈썹 하나 움직이지
않습니다

내가 사랑했던 인류여
바다는 울고 북극곰은 갈 곳이 없습니다
당신들의 보금자리 당신들의 어머니인 나는
어쩌란 말입니까

새날의 기도

웃게 하소서
오늘도 웃게 하시고
내일도 웃게 하소서

내가 웃고
네가 웃어
이웃이 웃고 사회가 웃어
세상이 꽃처럼 환해지도록
웃게 하소서

미움도
서러움도
가난도 다 묻히게
함박지게 웃게 하소서

지난해는 고난과 시련 속에
빛보다 그늘이 더 많이 드리웠던 해

우리는 무엇으로 웃게 할 수 있을까?

태곳적 신비가 감도는 이 아침
별빛 내린 새벽 바다에 서서

하늘빛 고운 마음으로 기도하네

보라
동녘 바다서 정갈히 몸을 씻고 솟구치는
새해, 새 아침의 순금빛 태양을
지상의 어둠을 몰아내고
따스한 온기를 우리에게 선사하네
언 땅을 따뜻이 녹여주네

사람들아
올해는 우리도 저 태양처럼
더 따뜻한 마음으로 더 많이 사랑하자
나를 사랑하고 너를 사랑하고
이웃과 사회를, 세상을 사랑하자

하루도 빠짐없이
그의 일상이 되어
우리를 비추는 저 태양은
단 한 번도 불평을 말한 적 없다
단 한 번도 게을음을 피운 적이 없다
단 한 번도 지친 내색을 한 적도 없다
단 한 번도 자신의 공치사를 하지 않았다

오직 묵묵히 제 할 일만을 하고 있지 않은가

그 어떤 대가도 바라지 않으면서
봄이면 꽃 피우고
여름 내내 푸르게 키워서 가을이면
알곡과 과일을 익혀 말없이 우리에게 안겨줄 뿐

주고 주고 또 주어도 변함없는
저 태양의 사랑처럼
우리도 뜨겁게 뜨겁게 사랑을 하자

내 사랑이 너에게 닿아 아름다움이 되도록
내 사랑이 너에게 닿아 꿈이 될 수 있도록

아름다운 모국어로 아름다운 말을 하며
아름다운 마음속에 향기 절로 나도록

유토피아가 바로 여기라고
아, 그런 세상 우리가 만들면 안될까

아이들은 꽃처럼 곱게 피어나고
청소년은 청솔 푸르듯이, 대숲 곧게 치솟듯이

당당하게 하늘이 낮다 하고
더 높은 꿈을 꾸며 푸른 이상을 펼치고
어른들은 어깨를 활짝 펴고
세상을 온전히 경영하는 그런 세상
아, 지상의 낙원, 여기라고 말할 수 있게

성폭력이니 아동학대니
그런 것, 그런 말들 사라져 준다면
효심이니 애국이니 하는 말이 사라져 간들 어떠리
전혀 모서리가 나지 않을 그런 세상
우리가 만들 수 없을까

세상 모두가 당연히 아름다워서
아름다움이 외려 무엇인지 모르도록
정직이란 단어가, 아름다움이란 단어가
외로 부끄러워할 그런 세상이 된다면

땅땅 땅

문인선 시집 · 작가마을 시인선 53

시로 쓰는 칼럼, 문인선 시집 『땅땅 땅』을 읽고

정영자

시로 쓰는 칼럼, 문인선 시집 『땅땅 땅』을 읽고

정영자

(문학평론가, 한국문인협회 고문)

옛말에 "삼복 때 덥지 않으면 오곡이 여물지 않는다"고 했다. 금년 여름도 무척 더웠다. 온 지구가 더워서 빙하가 녹아내리고 기후와 해수면은 상승하고 온대인 우리들 기후까지 아열대로 직행하고 있다. 오곡이 여물기 위하여 통과의례처럼 더위를 견디며 살던 편안한 옛날의 자연마을을 기대할 수도 없다. 이미 탐욕과 지나친 호기심이 일으켜 세운 정복이라는 새로운 영역들이 파괴의 양상을 안고 재앙을 뿌리고 있다.

사회문제는 더 심각해지고 욕구 또한 팽창하여 절제와 조화의 미를 잃고 세상도 돌아가고 우리 인간도 서서히 힘과 편리함에 마비되어 가고 있다.

'젊음을 수혈하자'는 지난 선거철의 가장 큰 이벤트였다. 경험 없는 젊은 친구들을 무더기로 요직으로 직행시키면서 위기의 정치판을 실습현장으로 만들어 실험실에 불이 붙고 있다.

늙은이의 나라를 고집하는 것이 아니다. 빤짝하고 타다 꺼지는 머리 굴리기의 보여주기식 정치의 구호는 생성될지라도 정치판의 신선미는 전무하다.

논리가 설 때가 있고 설명과 이해, 공감의 미덕과 겸손과 따뜻함이 진정성의 의미를 키울 수 있다. 이합집산 배신의 골짜기는 옛날보다 넘쳐나서 정치의 순도는 나이와 혈기로 이루어지기보다 방자함과 오만함 그리고 줄줄 단답식 만능 스크랩처럼 조롱거리는 입맛에서 나오는 퀴즈풀기식이다. 연립방정식을 쏘고 있는 기이한 현상에 오늘을 안주하는 매가리 없는 오랜 관록의 정치도 눈치코치 보느라고 제대로 된 말 한마디 못하고 남의 세금만 축내고 있다. 세상도 세월도 참 혼란하다.

신문 사설도 소신 없기는 마찬가지, 양비론이 판세다. 두려운 것이다. 그 날센 독립운동가다운 패기는 스멀거리며 주저앉는다.

칼럼은 재미있고 유연해야 한다. 문장은 화려한 수사보다 담백한 논리를 근거로 해야 한다. 뜬구름 잡는 것이 아니라 직접적인 예시가 많이 등장하는 실용적인 글이 호응이 좋다. 참신한 딴지걸기가 오히려 공감대를 형성할지도 모른다. 젊거나 늙거나 예상된 답들을 잘도 주절댄다. 이미 염치는 주머니 깊숙이 찔러 넣고 다닌다.

1997년 《시대문학》으로 데뷔한 문인선 시인은 그 이전 91년부터 이미 낭송가로 활동을 한다. 학구파인 그의 시에 대한 열정은 愛詩娘이란 애칭이 무색하였다.

부산지역의 학술단체로 43년의 역사를 쌓아 온 목요학술회에서 〈목요시 사랑모임〉을 결성하고 매월 모임을 가지면서 25회를 이어 갔다. 그리고 1991년 10월 29일 박두진 시인을 모시고 부산 최초로 주부 시 낭송대회를 개최하였다. 〈목요시 사랑모임〉의 취지문은 필자가 작성하였고 주부 시 낭송대회 심사는 진경옥 시인과 필자도 함께 하였다. 그때 입상자들이 부산의 초기 시 낭송을 이끌어 갔다. 당시 문인선 시인은 낭송대회에 참여 하여 입선하였다. 그리고 시낭송 영역을 넓혀 나갔고 드디어 시인으로 데뷔하여 그동안 첫 시집『사랑하나 배달되어오다』(2000), 『천리향』(2007), 『그래도 우담바라는 핀다』(2014), 『날개 돋다』(2017), 『애인이 생겼다』(2020)의 다섯 권의 시집을 상재하고 여섯 번 째 시집『땅땅 땅』(2022. 9)을 발간한다

　오랫동안 경성대 국문학과 외래교수로 강의를 하고 현재는 사회교육원 시창작아카데미 교수로 있으면서 한국문학신문에는 시로 쓰는 칼럼을, 경남매일 신문에는 시를 연재하고 평화방송에서 시해설과 낭송을 담당하기도 하는 등 쉴틈 없이 활발한 활동을 하는 열정파이다. 심지어는 중국 연변 국제학교까지 달려가 초청특강을 하고 교육청 연수원 강의에다 민방위 소양교육 강의 등등.

　문인선 시인의 몸은 가냘프다. 그러나 그의 몸에서 울려 나오는 시 낭송의 힘은 괴력 같은 힘이 솟아나는 힘차고 맑은 음이 시의 내용을 살리는 한 사람의 연출 기능까지를 보여준다. 그의 암송 실력은 모든 이들이 공감하는 귀재로서의 면모를 유감없이 표출하고 있다.

시 낭송의 계보로 따지면 부산 낭송시인회의 초대 그룹에 속한다. 1990년대의 시 낭송은 단체보다 개인기에 의존하는 실험적인 것이었고 문인선 시인은 시인으로 보다 시 낭송인으로 알려지면서 문학단체의 초청 낭송가로서 역할을 담당하여왔다.

때문에 그녀는 충분히 오랫동안 좋은 시를 고르고 낭송하는데 혹은 시의 감상에 빠졌다. 시의 내용과 형식, 표현의 묘미와 그 특성을 현장 시 낭송을 통하여 습득하고 관찰하고 시 낭송과 시의 즐거움에 빠졌다. 독자 혹은 관객 중심의 문학관으로 무장 되었던 것이다.

그의 여섯 권 째 시집 『땅땅 땅』은 시로 쓰는 칼럼시집이라고 이름 붙였다. 칼럼은 신문이나 잡지 등에 시사적인 문제나 사회풍속에 관한 글을 한마디의 평으로 기고하는 비교적 짧은 글인데 시로 쓰기 때문에 운문이며 독자들이 보기 쉽고 읽기 쉬운 운율적인 글이다. 때문에 칼럼이 주는 딱딱한 문장도 탈피하여 부드럽지만 다양한 사례를 예로 들며 시인은 자신의 철학적 사유를 넓게 독자들에게 논리적으로 설파하는 장점을 가지게 된다.

내유외강의 전형적인 타입이지만 그의 주제는 강렬하고 전개 방식도 거침없다. 여기에 다양한 역사적인 사례를 들며 그때그때에 맞는 이슈를 부각시켜 공감의 분위기를 최소한으로 앞당겨 잡고자 한다. 필자는 그동안 한국문학신문의 많고 많은 서정시와는 다르게 한 번씩 보이는 문인선 시인의 시로 쓰는 칼럼을 읽었다. 문학신문의 무게까지 덩달아 올라가는 시원함을 느꼈다.

한 방 날리는 것이 아니라 연거푸 때리고 치고 들어가며 비유법으로 요리조리 뒤집어엎으면서 여의도를 공격하는 수준급의 시로 쓰는 정치판이 매력적이었다. 정치를 비판하면서 조롱하고 대안을 피력하고 또 읍소하는 강약의 추임새가 어쩌면 집단의 흥을 돋게 하는 매력적인 정치의 세련된 일갈이 고급스럽게 표현되어 대적하는 꼰대 방식도 아니고 점잖게 품격을 유지하면서 할 말은 하는, 어쩌면 핏대 올리지 않고 단아한 흥얼거림으로 정치를 여의도에서 시정으로 불러내고 있다.

(전략)

아 덥다 더워

여의도엔 더위를 식혀줄 선수는 어디에도 없다
상대의 허물을 맴맴 거리는 소리뿐

지금 우리에게 필요한 건 더위를 식혀줄 폭폭수 같은 선수

들리나요 저 소리
전파를 타고 오는 흥분된 저 소리
"안산 선수가 양궁 금메달을 따냈습니다
드디어 삼관왕이 되었습니다"

"김연경을 앞세운 여자 배구가 일본을 꺾고 터키를 꺾고
사강 진출을 하게 되었습니다"

그들은 땀 범벅이 되어도
다리에 실핏줄이 터져도
제 몸보다 주어진 임무에 최선을 다했다

푸른 연잎들 합심하여 꽃봉오리 쏘옥 밀어
올리듯
일곱이 하나 되어 밀어 올린 볼
스파이크를 외치며 나이스 킬을 먹인다

(중략)

얼마나 아름다우냐
얼마나 자랑스러우냐

감출 게 없는 그들
발자국이 보이고 피땀이 보이고 그 정신이
도드라진다
유리알 하늘 처럼 투명하다

70억 인구 위에 오직 하나, 황금빛 메달을 출산
하려고
겨우내 땅속에서 빨아올린 물관부
한 송이 완전한 꽃으로 피어
일시에 향기를 터트린다
태양보다 눈 부신 저 꽃이여, 향기여,

여의도엔 요상한 악취 같은 게 있다

거짓과 정당화의 반복
무가치한 자산 제로 케이스만 가득하다

관객의 눈빛은 점점 멀어지고
관객의 등만 싸늘히 남을 저, 저,

여의도를 교체하라
저 올림픽 선수들을 여의도로 입성케 하라
그들은 진실로 진리의 능력을 보여 주리라

설왕설래 우왕좌왕, 부동산 정책이든 경제 정책이든
양궁 선수를 보내자
가장 바람직한 정책, 온 국민이 박수 칠 정책에 명중하리
라

한일회담에도 남북회담에도 배구 선수들이 어떨까
베이스를 깔고 나이스 킬을 한 방에 먹이리라

지금 여의도엔 제 잘난 사람은 많으나
관객의 눈과 가슴은 덥기만 하다
온 국민이 한마음으로 박수 칠 그런 선수가 그립다

올림픽 선수로 교체시키자

올림픽 선수들을 여의도로 입성시키자
– 「올림픽 선수들을 여의도로」 전문

오죽했으면 기존의 여의도 국회정치를 밀어내고 올림픽 선수로 대체하자고 했을까. 여의도에는 더위를 식혀줄 선수가 없다고 단언한다. 대안으로 땀 흘리며 주어진 환경 속에서 최선을 다한 올림픽 선수들을 여의도로 입성시켜야 한다는 야무진 대안까지 읊고 있다. 그만큼 여야를 막론한 국회의원들의 '일에 대한 전문성과 국민 사랑이 절대 부족하다' 라는 인식이 시적 형상화 속에 강하게 박혀 있는 것이다

화성에 달이 뜨고
웜홀
미래와 과거가 평행이 된다 해도

땅땅 땅
미얀마에선 총알이 난무하네

땅땅 땅
사람을 쏘아 자유를 감금하고 민주를 불사르네
아무도 말리지 못하네
유엔도 미국도
말리지 않네 구경만 하네

땅땅 땅
땅에 환장한
물 건너 저것들, 저 도둑 심보들

그 때 히로시마 원폭
땅땅 땅 하지 않았을까 펑펑 펑 했을까

아직도 그 근성 버리지 못하고
제 자식들에게
거짓을 가르치고 도둑질을 가르치는
양심에 개털 난 저 착시
우리 독도만 보이는지
제 땅이라 우기네. 오늘도 우기네 땅땅 땅

어디서 배웠을까
한국의 LH 도
땅땅 땅

내가 가진 땅은 알곡이 자라고
네가 가진 땅은 황금알이 자란다지
내가 키운 알곡은 선한 사람들이 먹고
네가 키운 황금알은 너만 먹는다지

땅땅 땅 땅당땅땅땅땅
써 놓고 가만히 들여다 본다
카트cart 모양 같기도 하여
끌려 갈 것 같고 끌고 갈 것 같은

땅땅 땅
그래, 그런 일 있었지
초등학교 다닐 때
운동장 느티나무 아래서
땅따먹기 놀이 했었지
우린 누구에게 배운 적 따로 없는데

왜 그 놀이를 했을까

땅 따 먹기 그 놀이

아, 지금의 LH 도
그 느티나무 아래서 땅따먹기 놀이 잘한 친구들일까

난 그때도 잘못 했거든
쓸데없이 책장만 넘겼지
땅은 읽지도 않았고

쓰지도 않았어
쓸데없이 그냥 책장만 넘겼어
책 속엔 땅이 없었네 "땅" 자도 없었네

3월의 벚꽃은 가지를 뻗어 하늘처럼 환하고
제 꽃잎을 날려 땅의 상처를 덮어 주네
땅땅 땅 소리도 않는
너는 천사의 영혼을 가진
천사의 날개를 가진 꽃
숨결도 고와라 손길도 따스해라
자비와 헌신을 아끼지 않는 꽃
사랑이어라 참사랑이어라

땅 한 평 없는 나는
땅땅 거리지도 떵떵 거리지도 못 해도

저 고운 벚꽃에게 참사랑을 배우며, 가르치며
4월의 꽃들에게 자비와 미소를 배우며, 가르치며

머리를 높이 들고 학교 복도를 걷네
땅땅 땅
날씬한 내 하이힐의 소리에
공기 속 미세 먼지가 숨죽이며 구석으로 웅크리네
땅땅 땅
코로나로 조용한 학교 복도를 울리며
팔을 힘차게 저으며
땅땅 땅

푸른 하늘
청보리 향기가 눈부시게 밀려온다
땅땅 땅

– 「땅땅 땅」 전문

'땅땅 땅'의 의미를 총알이 난무하는 전쟁의 의미를 들 수 있다. 영토확장에 혈안이 된 외교문제, 재산의 일 순위인 땅 소유의 탐욕, 물질주의의 범람, 땅장사에 한몫하는 국가기관 공인들의 경영 작태, 또한 상대를 비판하고 조롱하며 가혹하게 내리치는 공격적 형태는 피아의 공동상처뿐만 아니라 공존의 파멸을 상징하는 것이다. 여기에 어린 시절 땅따먹기 놀이는 원천적인 소유본능의 유희를 통하여 어른이 되었을 때 이미 그 과정을 답습한 것일지도 모른다는 자조적 표현도 거침 없다. 그러나 하이힐 소리의 힘찬 맥박은 자존을 높이고 4월의 청보리 향과 함께 그래도 땅이 가지는 무한의 가능성을 시사하고 있다. 시인의 관심은 다양하다. 힘겨루기의 전쟁터와 현실의 정치판. 독도를 자신의 땅이라고 우기는 일본에 단칼에 "양심에 개털난 저 착시"로 치부하고 천사의 날개 같은 3월의 벚꽃이 제 꽃잎을 날려 땅의 상처를 덮어주는 사랑을 찬양하며 땅 한 평 없는 시적 화자의 등장으로 땅땅거리고 떵떵거리지 않는 소신을 의성어의 활용을 통하여 묘사한다. 비교적 긴 시이지만 전혀 지루하지도 않고 흥미와 재미로 장단 치며 합송 할 수 있는 운율적 묘미도 가지고 있다. 정치적 사회적 제 현상을 비판하는데 '땅땅 땅'만큼 절제미와 상징적인 의미를 부각시킬 수는 어려울 것이다.

문시인은 시집 서문에서 "정치와 제도, 사회 또는 개인의 각성과 반성 위에 개선이 되는데 작은 소리 하나 보태진다면 참 고맙겠습니다. 함께 살아가는 공동체, 꽃밭 같은 세상을 소망하는 간절한 마음을 여기에 펼칩니다"라고 소신을 밝혔다.

신랄한 사회비판, 정치비판, 그때그때 이슈에 대한 상황분석과 비판, 대안, 선거판 유세에 사과하기의 경연競演대회 같은 의식을 세종대왕 당시의 토론하고 공부하여 국정에 도입하는 경연經筵으로 정치판을 비판하는 대통령 선거, 집을 가지고도 '나는 임차인'이라고 거짓말하는 정치인, 대선 운동 기간 동안 검정과 숯이 서로 깨끗하다고 우기고 삿대질하고 악을 쓰는 이분법적 난투를 "눈부신 백색은 어디에 있을까"로 한 방에 날리는 칼럼 같은 시, 그리고 지구 환경과 기후 문제, 독도와 정신대의 외교 문제, 특히 조선 위안부 여성을 '계약매춘'이라고 말한 하버드대학의 램지어 교수를 바퀴벌레라고 직설적으로 비판하고 있다. 저출산 고령화, 아동학대와 출산장려 정책의 모순점, 있는 아이, 지키지도 못하면서 출산장려만을 주장하는 정책을 비판하는 공감, 방탄소년단이 유엔에서 연설을 하고 대통령에게 바라는 백성들의 마음을 대변한 시, 새날의 기도, 이건희 회장이 소장한 미술품을 사회에 환원한 내용들이 미술품에 대한 애정과 소양을 기본으로 하고 있다는 것을 알 수 있는 긍정적 마인드의 선양, 외국어 범람의 언어문제, 미혼모와 자살율에 대한 구체적 문제점을 연구와 정책으로 쉽고 재미있게 접근하여 시의 표현으로 이슈들을 가볍게 예시하며 들려주고 있다.

그의 시는 표현기법 이상으로 낭송기법의 대안으로 적용할 수 있게 대중화 전략에 성공하고 있다. 국회의원, 시의원들이 먼저 읽어주면 좋겠다.

독자들께서 재미있게 낯설게 이 시집을 읽어주실 것을 부탁드린다.